懸崖下面有一大片生長得很茂盛的野生薄荷。
吃吃看就知道。
這個薄荷的葉子能吃嗎？
雖然
和冰棒裡
滋味清
但是只
薄荷葉
根本吃不下
而且——
他們不斷的在這裡繞來繞去。
被路上凹凹凸凸的石子堆絆倒，
還陷入沼澤無法脫身，好不容易才逃出來。
三人忍痛爬過長滿刺的荊棘小路，卻連一丁點食物都沒有找到。終於，他們面臨最悲慘的時刻。

歡迎光臨

怪傑佐羅力之恐怖的妖怪慶典

文·圖 **原裕** 譯 周姚萍

佐羅力、伊豬豬和魯豬豬
三人餓著肚子，在森林裡
整整迷路了三天三夜，
因此，他們現在的模樣，
不管怎麼看，
都跟喪屍沒兩樣。

救救我，我餓得前胸貼後背了！
啊，那裡有一間房子耶。
快給我一點食物吧。

就算只有一口也好，
請施捨一點吃的給我們吧！

伊豬豬和魯豬豬搖搖晃晃的往那間他們好不容易發現的屋子走去。

「我們這個樣子會嚇到開門的人，一定會被趕出去的，先稍微整理一下吧……」

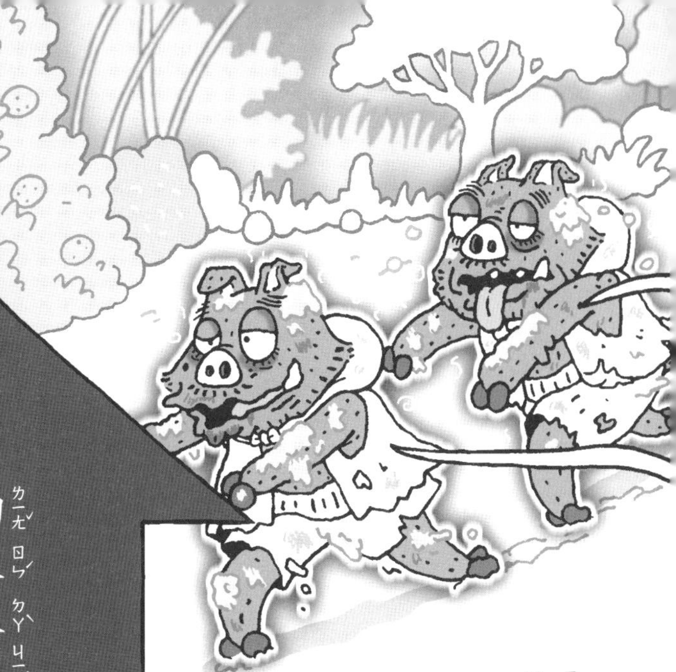

佐羅力說完，

急急忙忙跑去

旁邊的噴水池洗臉。

突然——

啊——

兩人大叫著跑回來。

「看吧，早就跟你們說了會這樣。」

佐羅力轉頭一看，

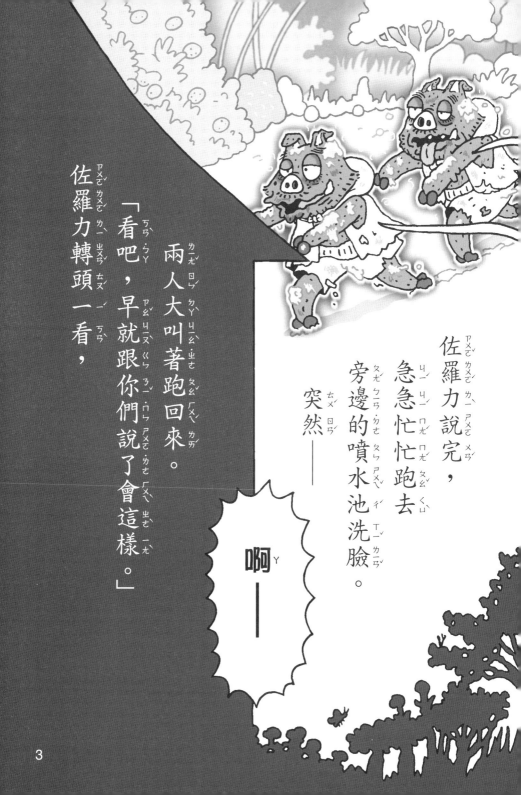

伊豬豬和魯豬豬手上竟然抱著裝滿零食和糖果的大袋子。

「嘿嘿嘿，收到好東西了。」

「怎麼可能？」

佐羅力連臉都沒擦乾，立刻站起來朝著那戶人家飛奔而去。

他用力的敲著門。結果——

出來應門的人
一看到佐羅力，
馬上很生氣的大喊：
「搞什麼？都一把年紀了
還這麼幼稚，真不像話。」
然後砰的一聲關上大門。
「為、為什麼不給我呢？
真不公平。」
佐羅力垂頭喪氣的走回去。

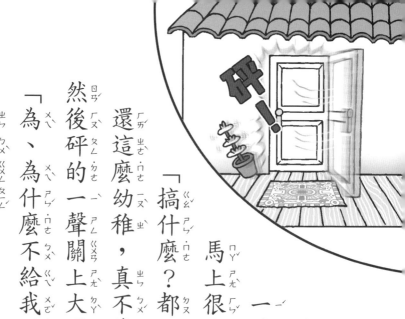

佐羅力大師快看，這個超棒的。

伊豬豬和魯豬豬把紙袋裡的零食和糖果通通拿出來給他看。

這裡有兩份耶，就算三個人分著吃，也可以吃得飽飽的喔。

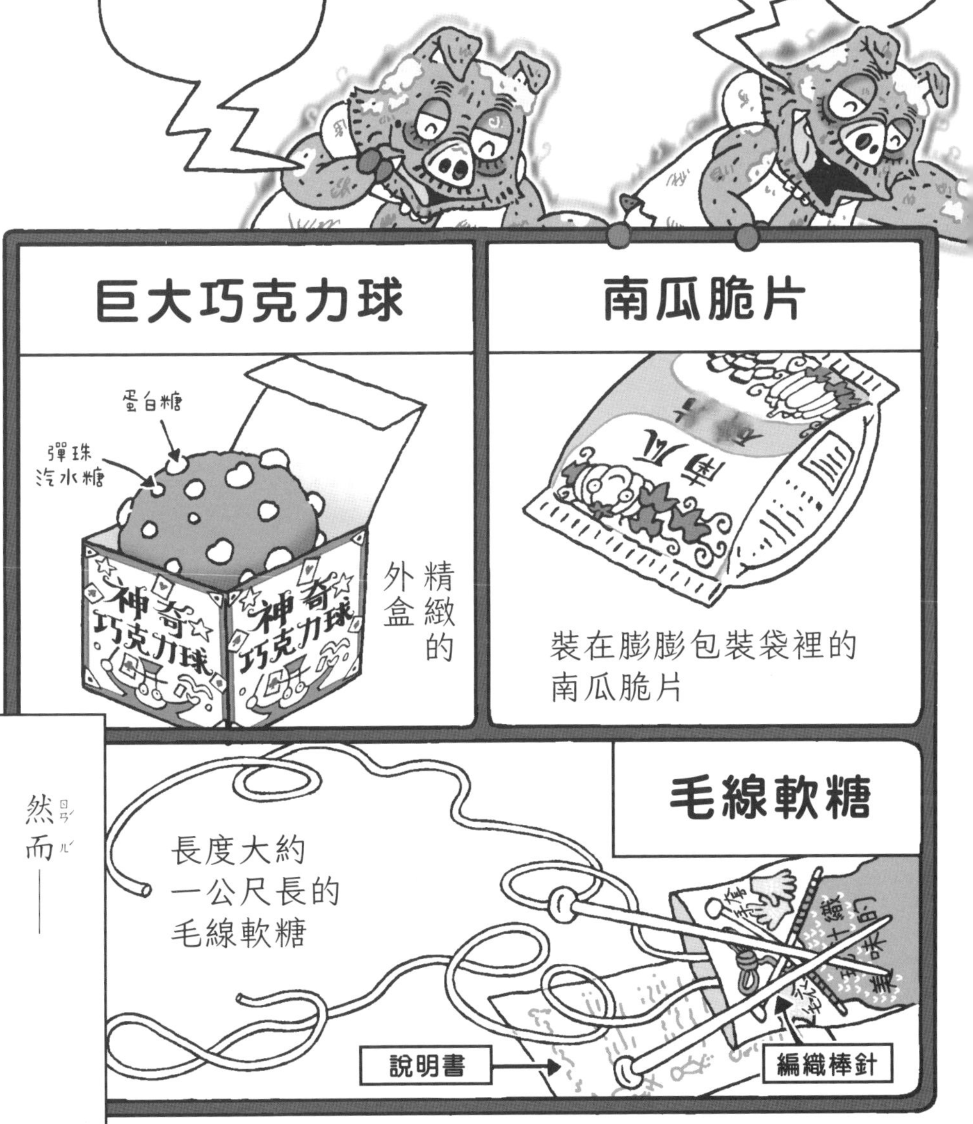

然而——

打開來吃才知道，
大大的袋子裡居然只有
五片南瓜脆片而已。
巨大巧克力球的
口感入口即化，
放進嘴裡還來不及咬，
就消失不見了。
最後剩下毛線軟糖，
包裝上面寫著可以織成手套或毛衣，

享受手作編織的樂趣，
所以附有編織棒針和說明書，
但是餓得要命的佐羅力三人哪有那種閒情逸致呢？
於是，他們將軟糖分成三份，一口吸進嘴裡。
轉眼間，所有的零食和糖果就被吃光光了。
「嘖，只有袋子大而已，
裡頭根本沒什麼料！」
佐羅力很不開心，
正氣得想把紙袋撕爛，結果發現上面——

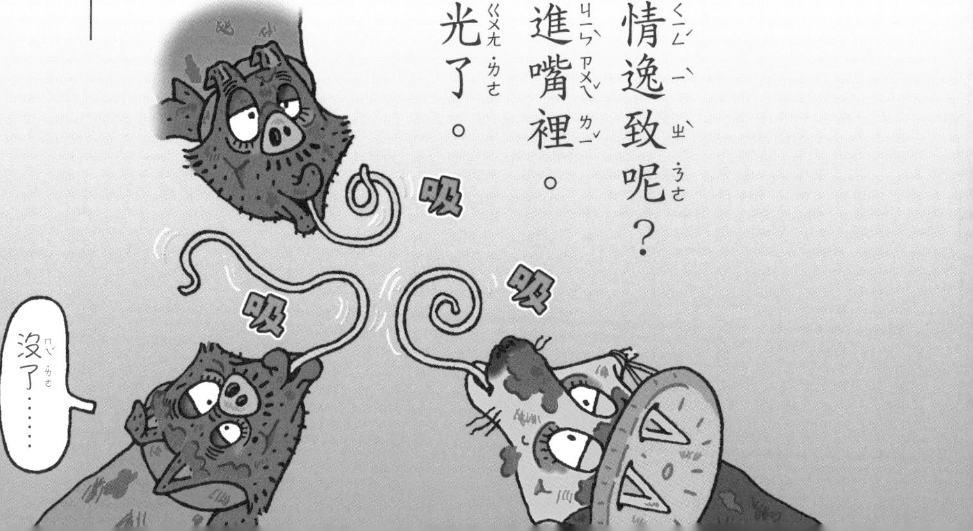

印著南瓜和蝙蝠的圖案。
「原來如此，
這是萬聖節限定的糖果呀。」
在萬聖節這個節日，
小孩會變裝，打扮成各種造型，
然後挨家挨戶的敲門大喊：
「不給糖就搗蛋！」藉此獲得糖果。
「萬聖節就快到了，你們兩個被誤認為
變裝成喪屍的小孩，所以才拿到糖果啦。」

佐羅力他們跑去鎮上的廣場一看，
那裡有許多小孩
為了慶祝萬聖節，
特地精心打扮成各種造型。
「等等，你們難道不覺得
這個鎮上的萬聖節
有點奇怪嗎？」
佐羅力這麼一說，
伊豬豬和魯豬豬便開始四處張望。

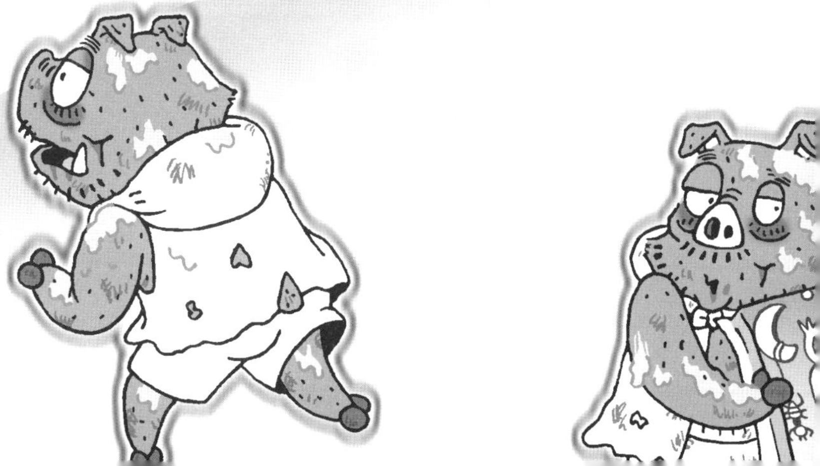

HAPPY HALLOWEEN
說到萬聖節，第一個想到的應該就是南瓜吧？
啊，真的耶。這裡雖然有南瓜，不過也有人手上抱著超大茄子呢。
哎呀——不管是南瓜還是茄子，只要能吃，哪個我都可以——

已經餓過頭，
全身無力的三人，
就這樣兩眼無神的
望著廣場，發了好久的呆。
就在這時，
他們意外發現一張
熟悉的面孔。
（大家是不是也發現了呢？）

喂——妖怪學校的老師！
哎呀呀，是佐羅力大師，還有伊豬豬先生和魯豬豬先生。你們這是變裝成喪屍嗎？
怎麼可能！我們是餓過頭才變成這副悽慘的模樣。
好想好想咬那個茄子一口喔——
「不行不行，這個太硬了，不能直接吃啦。各位同學，趕快送上好吃的給佐羅力大師他們啊。」

妖怪學校的老師一吆喝，
分散在廣場上的妖怪學校學生們，
紛紛拿著飯糰和麵包等食物
朝他們跑過來。
其中也包括很多熟面孔，
是佐羅力曾經帶去遠足的那些小孩。

「大家又一起來遠足啦？」
佐羅力一邊往嘴裡塞滿
剛拿到的麵包，一邊問道。
這時——

詳情請閱讀
《怪傑佐羅力之
恐怖的妖怪遠足》。

妖怪學校的老師一臉嚴肅的回答：

「我們不是來玩的，而是打算從這裡展開改變萬聖節的運動。」

「你們要改變萬聖節？」

「沒錯，萬聖節時，鎮上擠滿了變裝的民眾，

所以我們妖怪也可以很放心的
用平常的模樣參加活動，
特別是外國的妖怪，
例如吸血鬼、喪屍的小妖怪，
更是打從心底玩得很開心。
不過，我很清楚有些孩子
總覺得不自在，很難融入這個節日。」
在妖怪學校老師的一聲令下，
過來列隊集合的有——

咦？
萬聖節
活動混進了
真正的
妖怪呀？

生剝鬼、座敷童子、長脖子女妖、雨傘妖怪和三眼小僧等日本小妖怪。

你們看過有人在萬聖節裝扮成這些妖怪的樣子嗎？這些孩子一到鎮上，就會受到各種異樣眼光的注視，還會有人像這樣嘲諷他們……

萬聖節不需要日本的妖怪呀。
那是什麼妖怪？沒看過。
我絕對不允許這種事情發生！
一定要讓萬聖節變成所有小妖怪都能開心參加的節日才行。
而且，大家雖然會在萬聖節時扮成妖怪的模樣，卻只會跑去別人家門口敲門大喊：『不給糖就搗蛋！』而已。
就算是小看妖怪，也要有個限度吧。
再怎麼說，我們妖怪長成這樣就是要來嚇人的，既然打扮成我們的模樣，至少也應該——

讓來應門的人都發抖的說：
『這些糖果都給你，
請你快點離開吧。』
萬聖節應該是
這樣的恐怖節日才對。

妖怪學校的老師還想讓萬聖節成為給小妖怪們體驗嚇人樂趣的節日。

「原來如此。從妖怪的角度來看，萬聖節可能正是這樣的節日沒錯。」

佐羅力完全了解妖怪老師熱血沸騰的想法了。

不過魯豬豬卻搞不懂一件事：

「那個超大的茄子跟萬聖節有什麼關係呀？」

「問得好，讓我來說明一下。如果說南瓜是外國妖怪的標誌，那麼茄子就可以說是日本妖怪的正字標記了。」

日本從很久以前就有一種習俗，
為了在盂蘭盆會迎接祖先的靈魂，
會把茄子和小黃瓜
做成牛跟馬的樣子。

「不過，茄子和小黃瓜都比南瓜
小太多了，一點都不搶眼。
正當我苦思該怎麼辦的時候，
出現了一位董事長，
他說他可以培育出大小
足以與南瓜抗衡的超巨大茄子。
如果我們拿這個茄子去交換南瓜，
讓南瓜的數量一點一點減少，
人們對萬聖節的既定印象

也會跟著改變，漸漸成為日本妖怪也能開心參加的美好節日。」

大家聽完妖怪學校老師的說明，正感到熱血沸騰的時候，

嘰嘰——嘰

一輛載滿許多巨大茄子的卡車，在廣場入口處停了下來。

「哎呀，說人人到，那位董事長來了。佐羅力大師，我先失陪一下。」

妖怪學校的老師雀躍的往卡車那裡跑過去。

「妖怪老師真的很努力對吧，其實，他不只想改變萬聖節而已喔。」

一旁的小妖怪補充說明。

「老師還有一個一直想實現的夢想，那就是成立一間

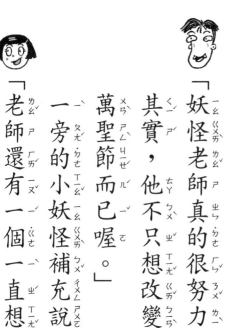

妖怪幼兒園，這次好像有機會一起實現呢。」

「要怎麼實現？」

「現在過來的那位董事長，

願意讓我們便宜販售

他公司製作的零食和糖果，

收入的一半會分給老師。」

「竟然能分到一半！」

「所以零食和糖果賣得越多，

蓋幼兒園的基金也能存得越多喔。」

小吸血鬼拉古拉用智慧手機播放網路上的宣傳影片給大家看。

「結果，這個活動出乎意料的大受歡迎，
不管是茄子還是糖果組，全都迅速的一掃而空。」
只要看到一旁堆積如山的南瓜，
就能明白這個活動受歡迎的程度。

「原來如此。妖怪老師為了成立幼兒園，
之前甚至還**跑去尋寶**呢。
要是能一次實現兩個夢想，
應該真的很高興吧。不過，
我怎麼覺得有點怪怪的呢？因為——

想知道
尋寶故事的讀者，
敬請閱讀
《怪傑佐羅力之
海底大探險》與
《怪傑佐羅力之
地底大探險》。

那位老闆是什麼時候知道妖怪老師的計畫呢？照理來說，要種出那麼巨大的茄子，需要花上好幾個月的時間，現在一想要就剛好有人送上門來，難道事先就準備好了嗎？」

佐羅力想不透這個問題。

「那位董事長現在正好過來載南瓜，不然直接去問問他？」

聽到小長脖子女妖庫洛庫的話，佐羅力轉頭看向卡車，接著突然大喊一聲：

那個正在與妖怪學校老師交談的人竟然是——

噗嚕嚕董事長。
站在他旁邊的是
公司員工摳噗嚕。

喂喂喂，大家聽我說，
本大爺不只一次
被那個董事長整得很慘。

《勇闖巧克力城》
《恐怖的賽車》
《吃吧吃吧！成為大胃王》

小妖怪們聽完佐羅力的慘痛經歷，都開始覺得有一點不安。

「妖怪老師被騙了嗎？」

「老師那麼努力，絕對不能讓他的計畫泡湯。」

「妖怪老師的心地那麼好，我們也不想看到他失望難過的樣子。」

「說得沒錯，不如這樣，

我們跟蹤他們，去調查看看如何？
如果沒發現任何可疑之處，
我們也很樂意一起幫忙。」
「謝謝佐羅力先生。那我們就一起
偷偷的跟去確認看看吧。」
「可是，如果所有小妖怪都一起跟去，
妖怪老師會很擔心的。」
於是，在《恐怖的妖怪遠足》時
受到佐羅力照顧的

幾個小妖怪都舉起手。

佐羅力、伊豬豬和魯豬豬立刻帶著這六個小妖怪——

多奇亞
小河童
克羅歐
小打雷爺爺
菲魯茲
小狼人
庫洛庫
小長脖子女妖
安
小雪女
拉古拉
小吸血鬼

爬上卡車後面，躲在堆得像山一樣高的南瓜縫隙之間。

「那就這麼說好了，等南瓜蒐集到一定數量的時候，我們再過來載走，麻煩你了。我們會一直

已經變身成怪傑佐羅力啦。
公司

支持你的計畫，請繼續加油。」

副駕駛座上的噗嚕嚕一說完，摳噗嚕就立刻發動引擎。

「好的，我們會繼續努力用大茄子去交換南瓜，也會努力把糖果組賣出去，敬請期待。」

妖怪學校的老師深深一鞠躬，目送噗嚕嚕董事長離開。

卡車開出小鎮，
越過原野，
行經大水池，
穿過小村莊，

在鄉間小路中穿梭，奔馳了好一陣子，
走過一座橋，
最後抵達——

一大片非常遼闊的茄子田。

「噗嚕嚕董事長，這些茄子總算可以不用白白浪費掉了。」

「沒錯。為了在洋芋片之後推出茄子脆片，我才貪心的試種這些巨大茄子，沒想到吃起來又硬又沒味道，完全失敗。

沒辦法做成產品的大茄子全都堆成了垃圾山。

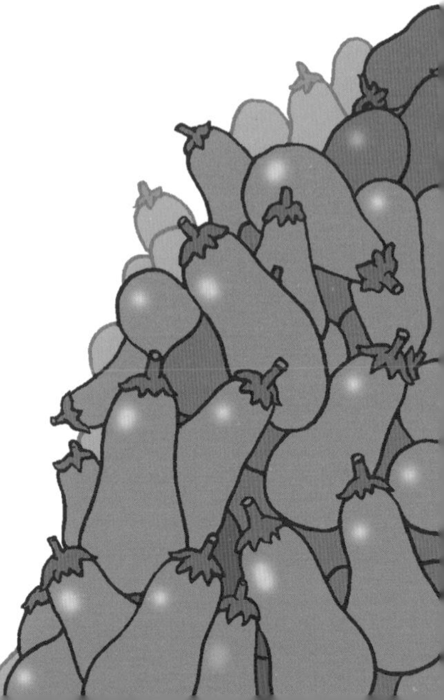

正當我煩惱著該怎樣處理，抱著腦袋苦思時，從報紙上

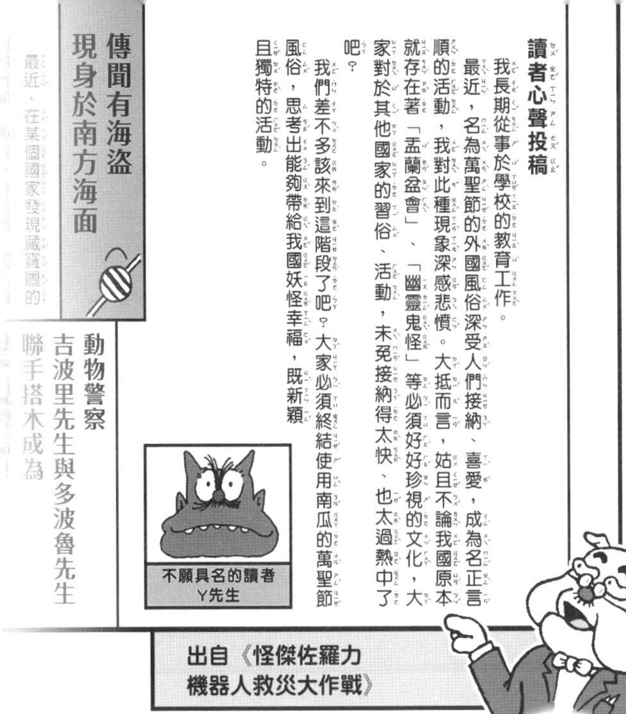

傳聞有海盜現身於南方海面
最近，在某個國家發現藏寶圖的
動物警察
吉波里先生與多波魯先生
聯手搭木成為
讀者心聲投稿
我長期從事於學校的教育工作。最近，名為萬聖節的外國風俗深受人們接納、喜愛，成為名正言順的活動，我對此種現象深感悲憤。大抵而言，姑且不論我國原本就存在著「盂蘭盆會」、「幽靈鬼怪」等必須好好珍視的文化，大家對於其他國家的習俗、活動，未免接納得太快、也太過熱中了吧？
我們差不多該來到這階段了吧？大家必須終結使用南瓜的萬聖節風俗，思考出能夠帶給我國妖怪幸福，既新穎且獨特的活動。
不願具名的讀者Y先生
出自《怪傑佐羅力機器人救災大作戰》

發現了這則新聞。

所以我想到這個人或許可以幫忙想出如何利用大茄子的方法，於是我跑去跟他商量——

『茄子是日本妖怪的正字標記。
只要用大茄子替換南瓜，
深植於世人心中的
萬聖節印象就能因此改變。』
他很高興的這麼說。

我還告訴他，
如果他幫忙販售我們公司的
零食和糖果，
賺到的錢就分一半給他，
所以他更拚命了，
連他的學生都跑來一起幫忙，
營業額也跟著節節高升。
而我收回來的這些南瓜，
將成為美味南瓜脆片的原料，
本公司可以說是全盤皆贏呢。」

「可是，零食和糖果的收入要分一半給他們啊。」

「我說摳噗嚕啊，沒有正式簽約的協議，

根本不需要遵守！

那些收入當然全部歸我啦。」

「哇——董事長您幹得真漂亮！

簡直就像那些糖果組的內容物，

全都是騙人的。」

「摳噗嚕，你這話說得真難聽，

我看你根本沒聽清楚我的說明！」

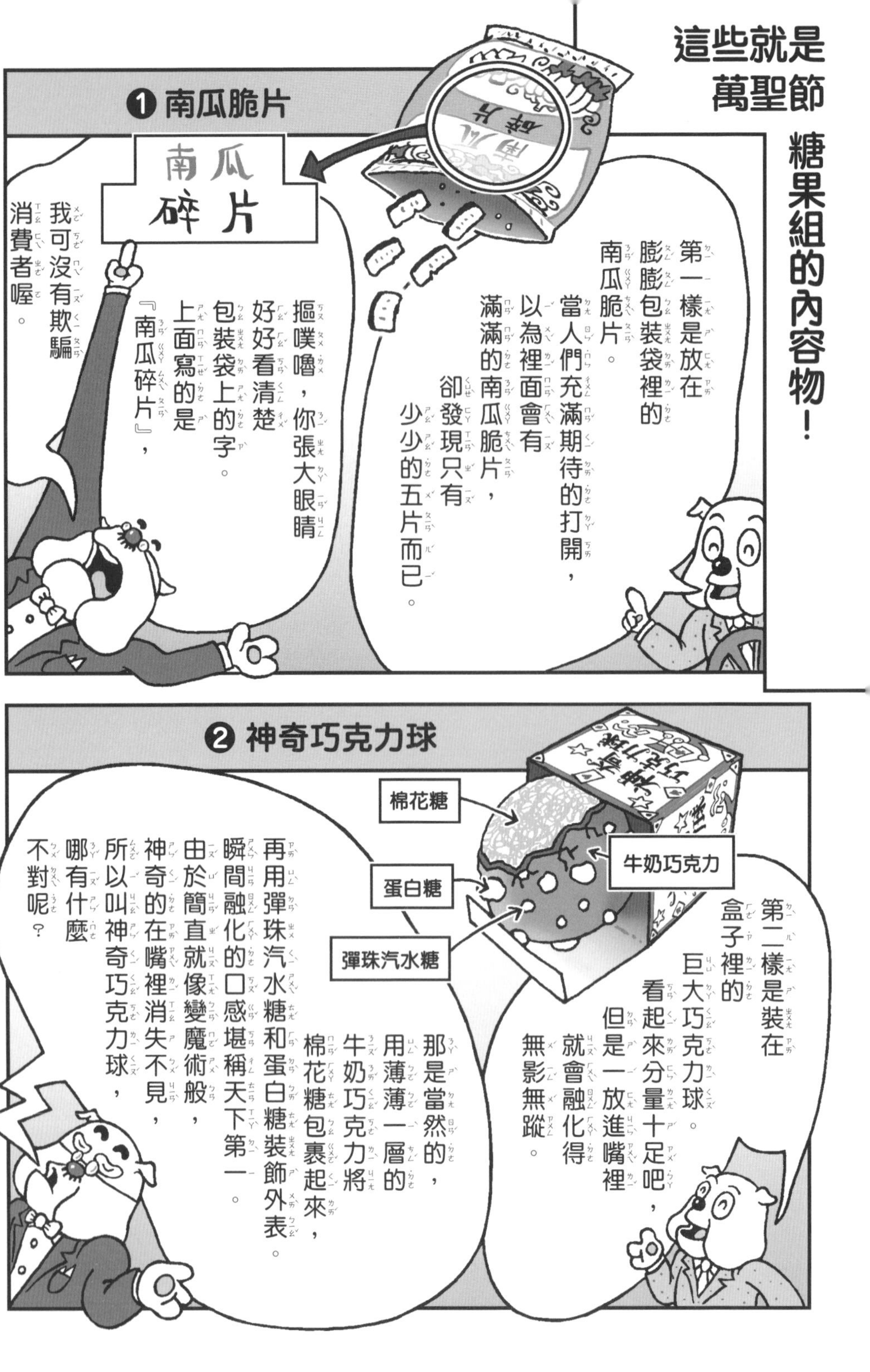
這些就是萬聖節糖果組的內容物！
❶南瓜脆片
第一樣是放在膨膨包裝袋裡的南瓜脆片。當人們充滿期待的打開，以為裡面會有滿滿的南瓜脆片，卻發現只有少少的五片而已。
南瓜碎片
摳噗嚕，你張大眼睛好好看清楚包裝袋上的字。上面寫的是『南瓜碎片』，我可沒有欺騙消費者喔。
❷神奇巧克力球
棉花糖
牛奶巧克力
蛋白糖
彈珠汽水糖
第二樣是裝在盒子裡的巨大巧克力球。看起來分量十足吧，但是一放進嘴裡就會融化得無影無蹤。
那是當然的，用薄薄一層的牛奶巧克力將棉花糖包裹起來，再用彈珠汽水糖和蛋白糖裝飾外表。瞬間融化的口感堪稱天下第一。由於簡直就像變魔術般，神奇的在嘴裡消失不見，所以叫神奇巧克力球，哪有什麼不對呢？

❸ 毛線軟糖

第三樣是本公司強力推薦的新產品，一公尺長的毛線軟糖。小朋友不是最愛那些可以拿去做實驗，又可以自己動手做成某種東西的玩具零食嗎？
如果用這包毛線軟糖裡面附贈的兩支編織棒針，照著說明書的指示編織，就能織成可食用的手套和毛衣，堪稱是劃時代的零食喔。

但是，這個軟糖不是暗藏了不為人知的陷阱嗎？
喂，摳噗嚕，你真沒禮貌。這個毛線軟糖的確能織成手套和毛衣，只不過——

想要織成完整的手套或毛衣，一定要額外購買這種加購專用的毛線軟糖。

加購專用
毛線軟糖
300元

一般尺寸的單隻手套，需要加購80份，

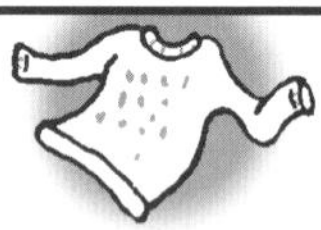

一件毛衣需要加購460份，

「買了以後開始編織，要是織到一半想要放棄，也需要很大的勇氣呢。」

「嗯，不過，要不要加購買齊材料，

那就是客人的自由了，

哇哈哈哈哈……

對了，摳噗嚕，

我跟你說過萬聖節之後，

我打算接著推出的

新產品是什麼嗎？」

「還沒呢，董事長。」

「來，你看，就是這個。」

噗嚕嚕拿出來的是——

猛舔狂舔
口水狂噴
大舔特舔

噗嚕嚕巧克力。

「這是傳說中，即使全部中了，也絕對不會真正中獎的樂透巧克力。」

「沒錯。討人厭的佐羅力他們之前猛舔狂舔，竟然破解我的詭計，導致後來在網路上引起很多討論，讓這個祕密曝光，搞得我只好急急忙忙停止販售，把商品下架。」

噗嚕嚕巧克力
牛奶巧克力
白色巧克力
苦甜巧克力
☆三層巧克力
緊緊疊在一起，絕對不會散開，所以根本不會有人知道自己中獎了。

欲知詳情，
請閱讀
《怪傑佐羅力之
勇闖巧克力城》。

「所以董事長您是要讓這個有問題的巧克力復活……」

「沒錯，就用『新噗嚕嚕巧克力』這個名稱重新上市。知道『噗嚕嚕巧克力』祕密的人，就會從最上層開始大舔特舔，然後會露出這樣的文字……」

「又都寫『中獎』的字樣……」

噗嚕嚕解釋：

你看，就像這樣。
最後浮現的字
是不是都有點不同？這次的設計是
好像要中獎了，卻根本沒有中。

「這不就是詐欺嗎？」

「會中獎的是『噗嚕嚕巧克力』，『新噗嚕嚕巧克力』上面完全沒有標示會中獎喔。

這是針對那些已經從網路上知道祕密的人，利用他們腦中既有的印象而設計的新招。」

「哇，太完美了，噗嚕嚕董事長。」

「這招不錯吧？哎呀，現在不是為我的完美點子陶醉的時候。摳噗嚕，萬聖節的銷售期很短，我們得趕快加緊腳步，儘快做出糖果組，海撈一筆才行啊。」

噗嚕嚕和摳噗嚕下了車，走到車子後方的載貨臺，準備卸下那些南瓜。

佐羅力他們急急忙忙跳進一旁的田裡，藏身在大茄子後面。等噗嚕嚕和摳噗嚕把南瓜搬到手推車上，走進了工廠，佐羅力立刻開口說：

「嗯，事情果然正如本大爺預料的一樣。」

「真的耶，還好我們跟過來確認。」

「哼，我已經把他們兩個剛剛的對話用手機錄音下來，

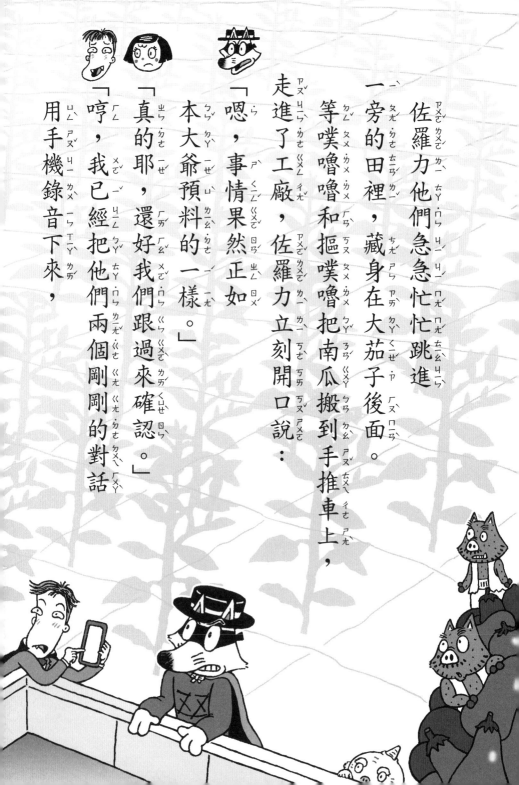

準備回去放給妖怪老師聽。」

「連我們也被利用了，

真是太可惡了。」

「真想好好教訓他們兩個一頓。」

「佐羅力大師，我們現在該怎麼做呢？」

「我有辦法，

我們先想想有

什麼事情能讓他們

忙得焦頭爛額。」

於是，佐羅力

他們悄悄潛入

噗嚕嚕和摳噗嚕

的工廠裡，

準備一探究竟。

工廠裡，噗嚕嚕集合了所有的員工，正在跟他們說明工作前的注意事項。
②神奇巧克力球
①南瓜碎片
各位，你們這次要製作的是萬聖節限定的糖果，一共有三種：●南瓜碎片 ●神奇巧克力球 ●毛線軟糖 你們現在分成兩人一組，每組負責製作一種。
本公司為全自動化機器作業，工作內容非常簡單，所以請你們馬不停蹄的全力趕工吧。

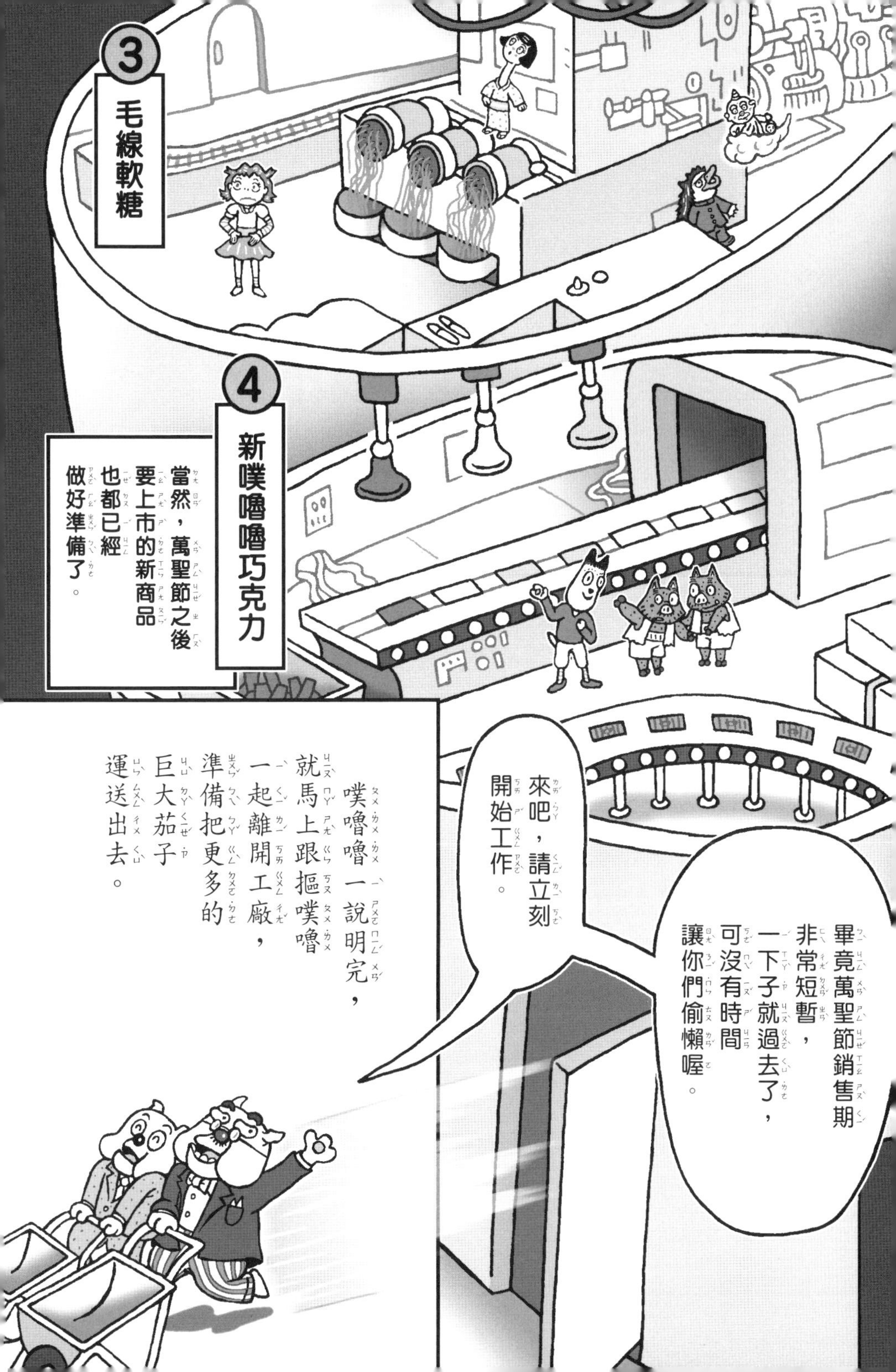
3
毛線軟糖
4
新噗嚕嚕巧克力
當然，萬聖節之後要上市的新商品也都已經做好準備了。
畢竟萬聖節銷售期非常短暫，一下子就過去了，可沒有時間讓你們偷懶喔。
來吧，請立刻開始工作。
噗嚕嚕一說明完，就馬上跟摳噗嚕一起離開工廠，準備把更多的巨大茄子運送出去。

躲起來偷偷觀察
工廠內部情況的
佐羅力一行人，
開始討論作戰策略。

「你們覺得，妖怪老師希望你們在學校學到些什麼事情呢？」

「身為妖怪，必須熟練嚇唬人類的能力。」

「那麼，現在正是你們大展身手，試試自己嚇人功力的時候了。」

大家合力去嚇跑那些
在工廠裡工作的員工，
沒有人幫忙做糖果，
對那位董事長來說，
就是最頭痛的大麻煩了。」

「沒問題！以牙還牙，以眼還眼。
我們一定要讓那個噗嚕嚕董事長
在妖怪老師面前磕頭道歉！」

於是，小妖怪們展開了嚇人大作戰。

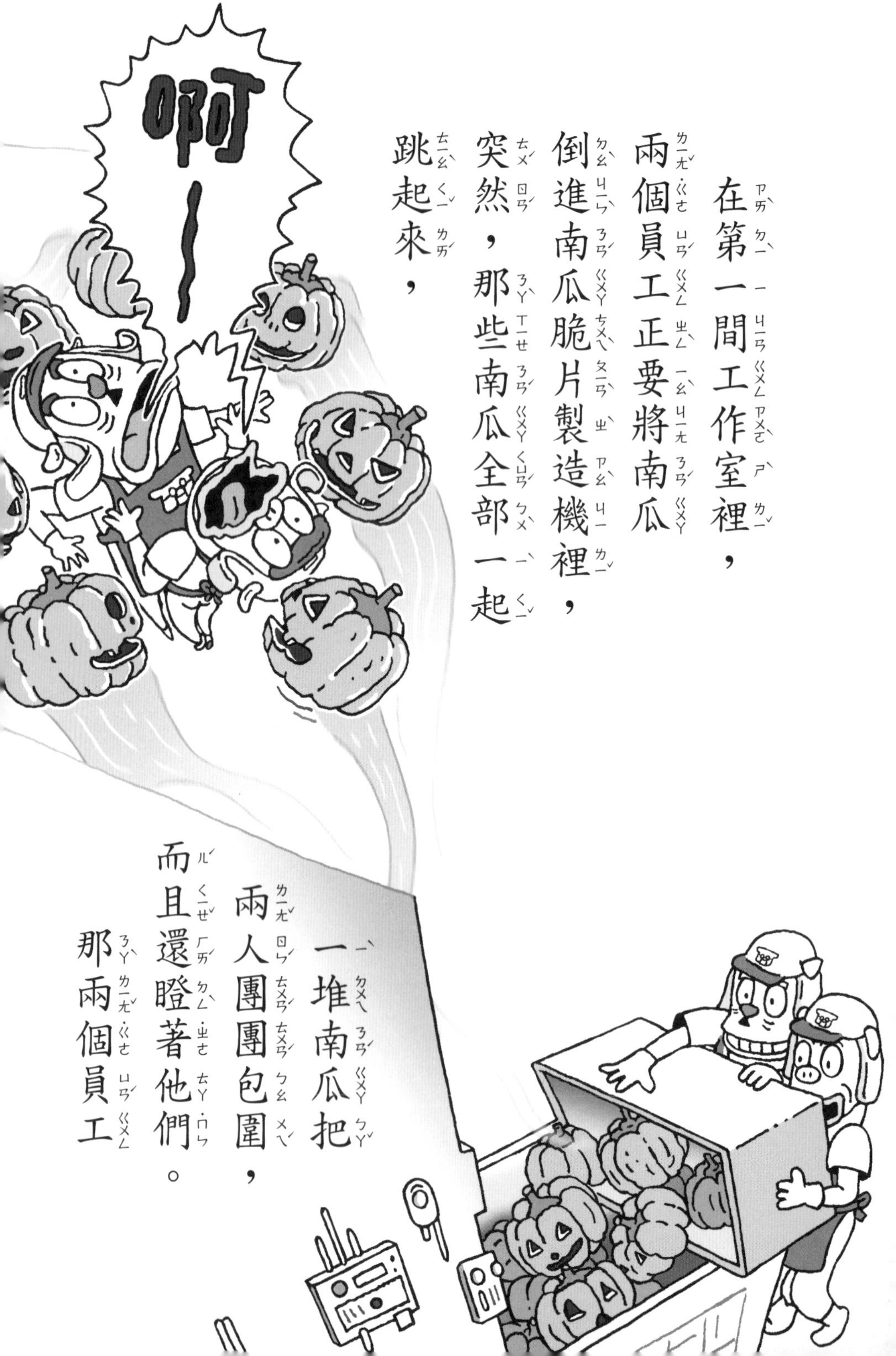

在第一間工作室裡，
兩個員工正要將南瓜
倒進南瓜脆片製造機裡，
突然，那些南瓜全部一起
跳起來，

一堆南瓜把
兩人團團包圍，
而且還瞪著他們。
那兩個員工

兩人跑進隔壁正在製作神奇巧克力球的工作室，

一邊發抖，一邊在工作室裡四處逃竄，飛天南瓜跟在他們後面緊追不捨。

結果，那裡面竟然有個全身雪白的巨大妖怪飄浮在半空中。

① 員工剛按下神奇巧克力球製造機的開關，

② 棉花糖就飛快的聚集在一起——

變成這麼恐怖的妖怪。

那些從隔壁房間追過來的飛天南瓜，跟著棉花糖妖怪一起攻擊那四個員工。

嗚哇——

正當他們被嚇得臉色發青，
緊緊抱成一團時，

棉花糖妖怪朝他們噴出不明的白色粉末。

幾個員工一邊瘋狂咳嗽，一邊逃出工作室。

這時——

「幹得漂亮，他們都嚇壞啦，
你們真是威力驚人哪！」
佐羅力跑進來稱讚小妖怪們。

小吸血鬼拉古拉從
棉花糖妖怪裡面探出頭來。
「大成功——我們吹一吹彈珠汽水的糖粉，
就嚇死他們啦。」
拉古拉接著說：
「辛苦大家了。」

話才說完，
一群寵物蝙蝠就從
南瓜裡面飛出來。
這時，

最後面製作毛線軟糖的
工作室裡，傳出一陣尖叫聲。
「哇，那邊也很努力呢，我們過去看看。」
佐羅力他們趕過去……

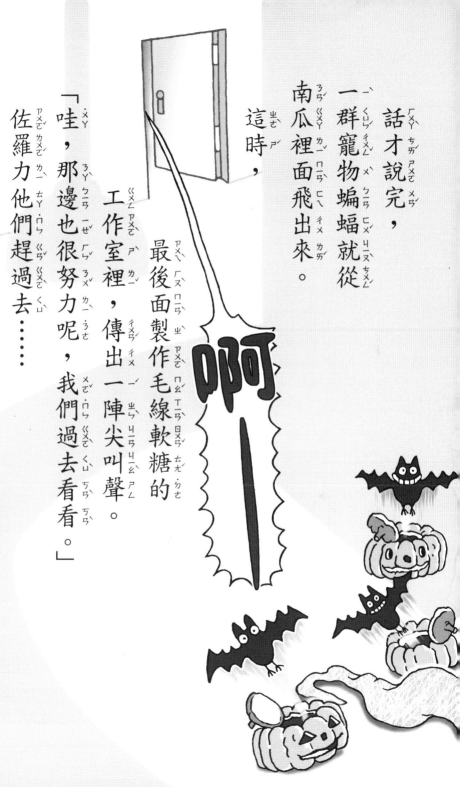

只看到那六個員工正被小長脖子女妖等一群小妖怪騷擾，嚇得魂飛魄散。庫洛庫利用機器剛做好的毛線軟糖，把每一條軟糖尾端都加上臉，並用線操控。

仔細一看，躲在機器角落裡的其他夥伴，也都在幫忙催化可怕的嚇人氣氛。

小打雷爺爺
克羅歐
降下雨水，同時發出陣陣閃電。
伊豬豬和魯豬豬
放出輕飄飄的無聲臭屁混進霧氣裡，讓臭味四處飄散。
小河童 多奇亞
把克羅歐降下的雨水用頭頂的盤子接住，再變成霧氣，使氣氛加倍恐怖。
嗚～

最後再加上小雪女安
對著他們脖子後面
吹出陣陣寒氣，
讓恐怖的氛圍
飆到最高點。

卡可怕～！
好臭、
好臭！
臭死了！
嗚嗚
好恐怖！
小狼人 菲魯茲
把身體壓低，
趴著發出低沉的
恐怖叫聲。

六人嚇得
跳起來，
爭先恐後的
逃出工廠。
剛好就在
這個時候——

工廠外面，
噗嚕嚕和摳噗嚕
已經把茄子裝上貨車。
他們一轉身發現員工竟然
都從工廠裡跑出來。
「你們要去哪裡？」
「喂，我不是說過，
沒有時間讓你們
打混偷懶嗎？」

這、這間工廠裡竟然會跑出那麼嚇人的妖怪，真是太可怕了，我們沒辦法繼續待在裡面工作。再見了——

六個員工推開噗嚕嚕和摳噗嚕，爭先恐後的四處逃竄，瞬間跑得無影無蹤。

「喂喂喂，到底發生什麼事？」

噗嚕嚕和摳噗嚕立刻跑進工廠查看，

工廠裡面一片漆黑。

「哎喲，電燈被關掉了，

竟然這樣就被嚇到，真沒用。」

兩人為了把電燈打開，

往工廠裡面走去，

突然間，燈亮了，

五個全身黏答答的喪屍，

從工廠後方踩著沉重的腳步，

搖搖晃晃向他們逼近。

「那是什麼？好噁心，去去去，快走開。」

噗嚕嚕他們趕緊往後退，背後卻出現了軟綿綿的棉花糖妖怪擋住去路。南瓜大軍也趁著這個機會，從天而降，瞪著他們兩個。

「請饒了我們吧。」

「不要過來！」

就在噗嚕嚕和摳噗嚕全身發抖的蹲坐在地上時，庫洛庫用毛線軟糖將他們一圈一圈的捆了起來。

看著被綁得動彈不得的兩人，小妖怪們——

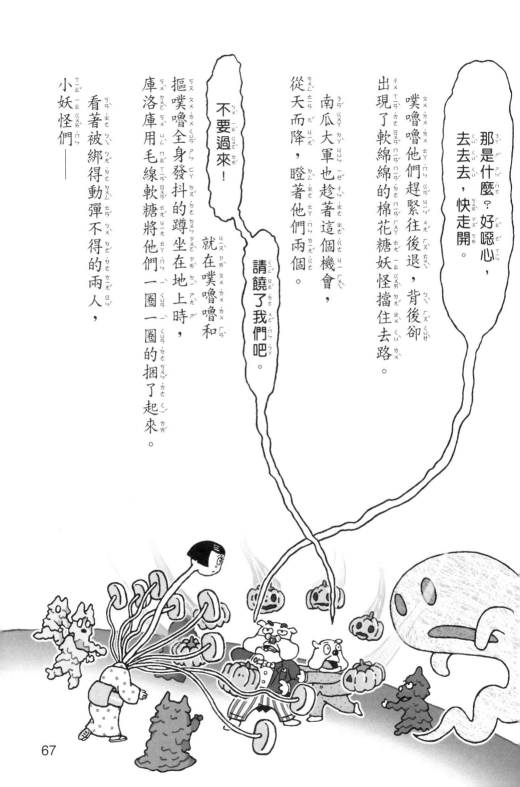

開始質問他們。
快說，就是你們叫妖怪老師去賣那些專門騙人的糖果吧！
你們是不是打算把賣糖果的收入全部占為己有？
居然欺騙那麼善良的妖怪老師，絕對不原諒你們！

這時，有人拿著拉古拉的手機從旁邊走了過來——

那五個喪屍的本尊是
克羅歐、菲魯茲、多奇亞、
伊豬豬和魯豬豬。
他們先通過新噗嚕嚕巧克力製造機
淋了一身巧克力，再請安吹出寒氣，
把身上的巧克力醬
冷卻定型。

「啊，佐羅力，你、你怎麼會在這裡！」

「我是那位
妖怪老師的朋友。
我既然知道
他被你騙了，
怎麼可能坐視不管呢？
他的學生和我一樣，
也都是這麼想的。」

佐羅力一說完，

小妖怪們就全部現出原形。

「我已經把你們剛才的對話都錄下來了，我會播放給妖怪老師看，你們可要誠心誠意的向他道歉才行喔。」

大家合力把噗嚕嚕和摳噗嚕搬到貨車後面，開回到老師所在的小鎮上。

卡車抵達鎮上的廣場。

「董事長，我們蒐集了好多南瓜……」

噗嚕嚕和摳噗嚕被五花大綁的推到喜孜孜飛奔而來的妖怪學校老師面前。

「咦？」

老師整個人呆住，佐羅力在他面前用手機播放出剛才他們與噗嚕嚕的

對話影片。

「快點過去，好好的向妖怪老師道歉。」拉古拉對著噗嚕嚕和摳噗嚕一說完，小妖怪們都跟著此起彼落的大喊：

「快道歉！」、「快道歉！」、「快道歉！」

鐵證如山的證據擺在眼前，噗嚕嚕和摳噗嚕完全無法狡辯，不得不承認罪行。

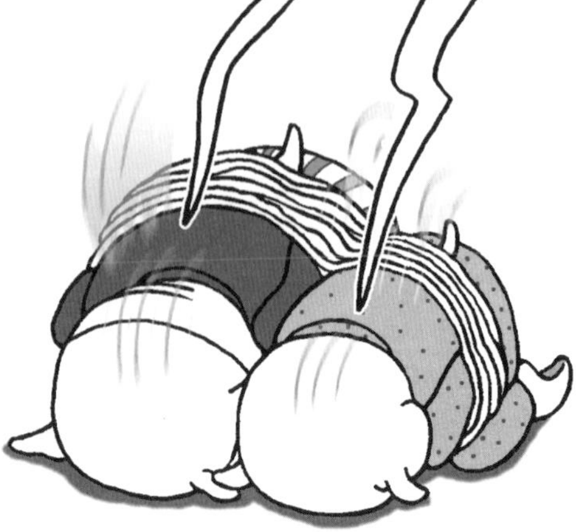
妖怪老師，真的很抱歉，請原諒我們。

他們承認自己所做的一切，跪在地上磕頭道歉。

「都是這些孩子的功勞。大家同心協力才讓這兩個人認罪。」

聽到佐羅力這麼說，

妖怪老師笑得很開心。

「真的嗎？實在太棒了！非常感謝你們。」

但是不知道為什麼，他的臉上突然蒙上一層陰影。

「和這些孩子一比，我真的是……」

妖怪老師忽然跪在地上向孩子們道歉。

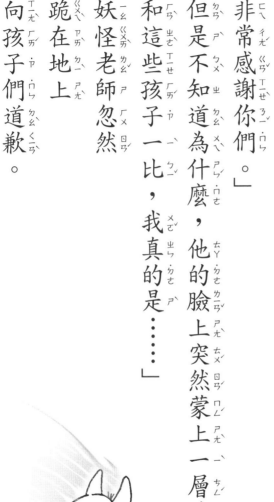

「雖然我做這些事情是為了實現自己的夢想，但是把孩子們捲入這樣的詐騙事件裡，我真的不配當老師。請讓我辭去教職以負起責任。」

妖怪老師的話震驚了所有人。

「咦？為、為什麼？」

孩子們以為這次的行動會讓妖怪老師很開心，卻萬萬沒想到最後會演變成這樣的結果。

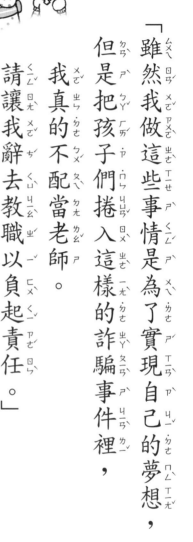

「佐羅力先生，快想想辦法呀。」

孩子們都不知道該怎麼辦才好。

「大家都非常喜歡老師，
拜託你千萬不要辭職，
請重新考慮一下好嗎？」

儘管佐羅力拚命勸說妖怪老師，

然而，全力以赴想實現的
兩個夢想居然一次落空，
打擊真的是太大了。

愧疚不已的妖怪老師已經聽不進任何勸說了。最後，他還是對著所有讀者，開始了他的辭職演說。

各位讀者，

在「怪傑佐羅力」系列當中，我擔任妖怪學校的老師長達三十年以上。這次，我犯了身為一位教育工作者絕對不該犯的錯誤。

我除了在這裡
向大家深切道歉之外，
為了負起責任，
請容許我即刻
辭去教職，並且卸下
書中角色的身分。
真的非常感謝各位讀者
長久以來的諸多關照。
我想佐羅力大師
必定會繼續他的旅程，
所以請大家持續不斷的
給他支持與鼓勵。
另外，也希望大家
活力充沛的度過每一天。

妖怪老師

講完這段給讀者的告別演說，
妖怪老師正準備
走出書頁，
這時——
不好意思，
請問一下。
廣場上的
兔子媽媽開口喊道：
這些扮成妖怪的小孩，
是您的學生嗎？
「可不可以
也讓我的小孩扮成那樣呢？
看起來就像真的妖怪耶，
我家的孩子們都好喜歡喔。」
啊，是的……

聽到這番話，許多家長都帶著孩子
紛紛蜂擁過來，
不停追問著
妖怪學校的老師：
「這個特殊的化妝技術好厲害呀。」
「能不能幫我畫成三眼小僧？」
「我可以變身成
吸血鬼嗎？」
這時，

佐羅力飛快的擠開人群跑過來。

這邊這位妖怪老師非常厲害。想變身成哪種妖怪，他都能夠使命必達喔。

「佐、佐羅力大師，你怎麼突然說這些莫名其妙的話。」

佐羅力完全不管妖怪老師說什麼，

他繼續說道：

「這位老師非常擅長把人裝扮成各種妖怪，例如大家都很熟悉的萬聖節喪屍和吸血鬼。要是請他幫忙變身成那些比較冷門的妖怪，你的孩子會更受人矚目喔。」

佐羅力滔滔不絕的說著。

「那麼，就請大家一起來見證。三天後，也就是在萬聖節當天，妖怪老師將在這個廣場提供瞬間變身成如假包換妖怪的服務。想體驗看看這種夢幻變身術的孩子，請務必在三天後來到廣場上的帳篷集合。」

「佐羅力大師，
不可以這樣信口開河啦。」
妖怪學校的老師急急忙忙想要阻止他。
「本大爺有個好主意，妖怪老師到底
要不要辭職，我們就看看
當天的狀況，再來考慮該怎麼辦吧。」
佐羅力說完，
便帶著伊豬豬和魯豬豬
消失無蹤了。

於是，三天後，
在鎮上廣場的
帳篷裡，

一部謎樣的機器完成了。
啊，好懷念喔。
這和佐羅力大師在《恐怖的鬼屋》裡製造出來的「妖怪變身機」好像啊……
沒錯，我把功能改良了一下，變成一部只能變身一天的機器喔。
妖怪老師，你會不會覺得這部機器很眼熟呢？
資料輸入機

為了讓沒讀過《怪傑佐羅力之恐怖的鬼屋》的人也能清楚了解機器的運作流程，我們準備了以下這段說明。

妖怪變身機

●佐羅力為了教導妖怪們學會嚇人訣竅，製造了一部變身機器，可以把自己變成妖怪的模樣。想要知道詳細故事的人，請閱讀《怪傑佐羅力之恐怖的鬼屋》。

這是一部小孩專用的萬聖節妖怪變身機！

★在這裡，我們將特別為各位讀者展示在帳篷內依序進行的變身步驟。

讓孩子變身成喜歡的妖怪模樣，效力可以維持一整天。

夢幻般的變身體驗一次只要1000元
特殊彩妝機器人
好的。訂單來啦，客人指定要變成長脖子女妖喔。
資料輸入機
妖怪型錄
請坐到那張椅子上。
我想要變身成長脖子女妖。

① 先從型錄中選擇你想要變身成為哪種妖怪。

② 一坐上這張椅子，機器人就會以獨特的技術，為你畫上想變成的妖怪妝容，並選擇好服飾。

許多家長跟孩子不知道從哪裡得知這裡有一部妖怪變身機的消息，一大早就聚集在帳篷附近，排起隊來。
★藉由線路將Ⓐ和Ⓑ的資訊傳送到孩子的腦袋裡。
讓您久等了。從現在開始計時二十四小時，之後您的孩子就會恢復成原本漂亮的模樣，請儘管放心。
A
博士機器人
學習客人希望變成的妖怪知識。
長脖子女妖
B
從客人想變成的小妖怪身上吸收專屬的個性與各種特徵。
資料抽取機
哇～
如何？
你、你的脖子可以伸縮耶。
3
當Ⓐ和Ⓑ的資訊傳送到孩子的腦袋裡，變身程序就完成了。

變身成妖怪的孩子們塞爆小鎮廣場，有的人還擠不進去呢。
喂，新手不能一下子就把脖子伸得那麼長啦。
一開始只能先向上伸二十公分。
咦？是喔。
長脖子女妖
額頭上的眼睛真的可以眨呀眨的耶。
實在是太像了，那部機器到底有什麼機關啊？
這是敝公司的商業機密，請恕我無可奉告。
哇，一個沒注意，頭髮就變長了。
三眼小僧
座敷童子
變身成吸血鬼還可選擇讓蝙蝠隨行喔。
不管哪種變裝，都比不過在我們這裡變身啦。
說得沒錯，這可是變身成真正的妖怪呢。
噓——不要把祕密說出來。
哇，我家勇作竟然在喝他最討厭的番茄汁耶。
吸血鬼

打雷爺爺
哎呀呀，哲也，你突然變老了耶。
我可以從嘴巴吹出寒氣，讓融化的冰棒結凍，變回原本的模樣喔。
雪女
有沒有不乖的大人啊～
生剝鬼
要是這些孩子一直都是這副喪屍模樣，那我可就要頭痛了。
您別擔心，這個妝只有一天的效力，連卸妝都不用，就能恢復成原本的樣子。
可以租用平板電腦，讓他看看超高畫質的滿月影像，馬上就會——
哇——我兒子變成狼人了，簡直就像在演電影一樣啊。
嗷嗚嗚嗚嗚
狼人
喪屍
這位小朋友，你要特別小心十字架跟大蒜喔，那些東西會讓你覺得很不舒服。
好好喔，我也想要請他們幫我化妝變身。
真不好意思，這是小孩專屬的服務喔。
除此之外，這裡還有一項特別的服務。那就是——

由妖怪學校的老師幫大家拍攝紀念照。
咦？
你問我這有什麼特別的呢？

請睜大眼睛仔細看看。
這是一定會在某個地方
發現幽靈入鏡的
靈異照片。

儘管必須額外支付五百元，
卻是很難得能
拍到的珍稀照片。
我強力推薦，
請一定要來拍一張。

而另外一邊，
在如此熱鬧滾滾的
妖怪變身機帳篷後面，
有兩個臉色沉重，
沮喪不已的人坐在地上。

是噗嚕嚕和摳噗嚕。
由於工廠員工全都跑光了，
根本沒辦法製造糖果，
今年的萬聖節商機就這樣毀了。
「啊，這下子損失慘重呀，摳噗嚕。」
「噗嚕嚕董事長，我們該怎麼辦才好呢？」
正當兩人苦惱得不行時，
佐羅力帶著小妖怪們走過來。
「嘿，我們想到做萬聖節限定糖果的

好點子喔，你們要不要一起聽聽看？」

「咦？什麼點子？」

拉古拉立刻對愁容滿面的噗嚕嚕開始說明他的計畫。

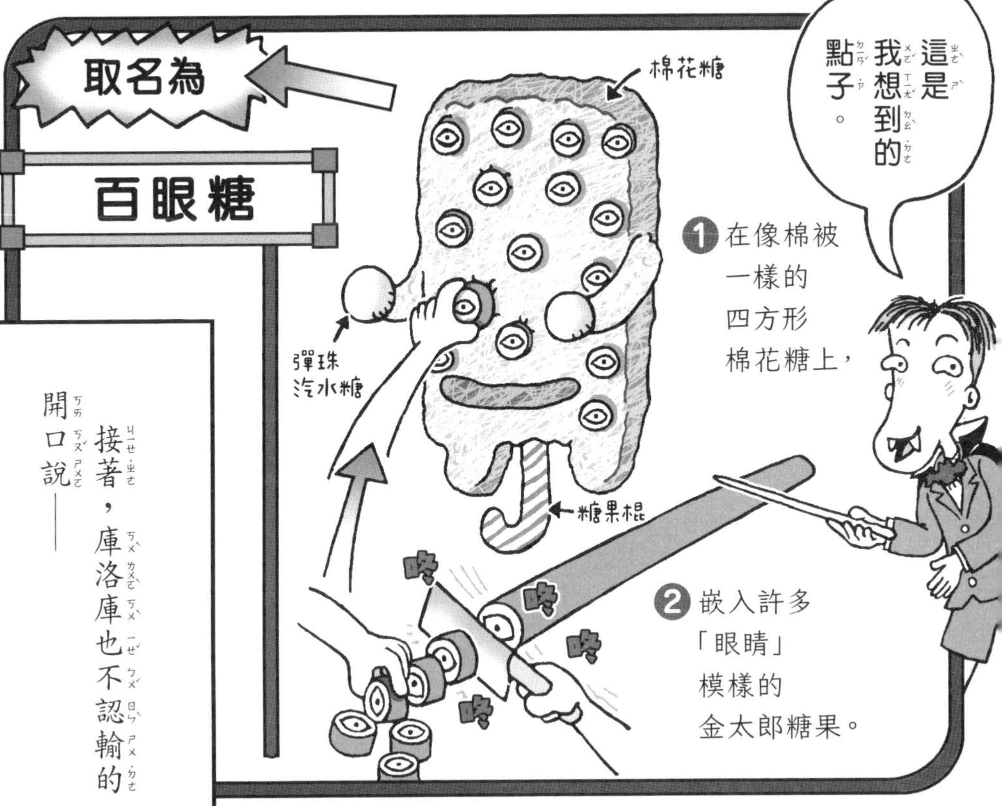

接著，庫洛庫也不認輸的開口說——

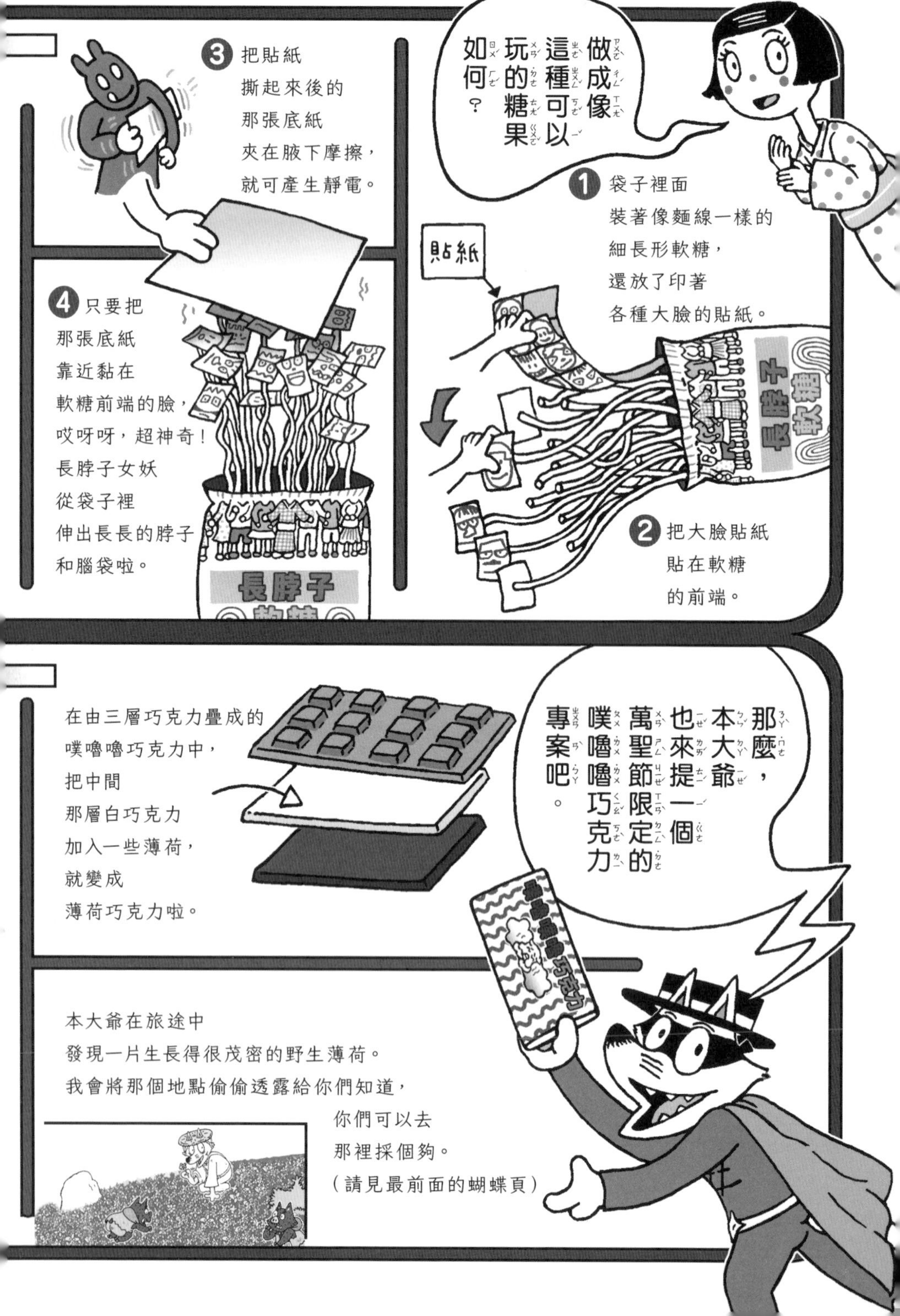
做成像這種可以玩的糖果如何？
❶袋子裡面裝著像麵線一樣的細長形軟糖，還放了印著各種大臉的貼紙。
貼紙
長脖子軟糖
❷把大臉貼紙貼在軟糖的前端。
❸把貼紙撕起來後的那張底紙夾在腋下摩擦，就可產生靜電。
❹只要把那張底紙靠近黏在軟糖前端的臉，哎呀呀，超神奇！長脖子女妖從袋子裡伸出長長的脖子和腦袋啦。
長脖子軟糖
那麼，本大爺也來提一個萬聖節限定的噗嚕嚕巧克力專案吧。
在由三層巧克力疊成的噗嚕嚕巧克力中，把中間那層白巧克力加入一些薄荷，就變成薄荷巧克力啦。
本大爺在旅途中發現一片生長得很茂密的野生薄荷。我會將那個地點偷偷透露給你們知道，你們可以去那裡採個夠。（請見最前面的蝴蝶頁）

取名為

長脖子軟糖

雖然看起有點來噁心，
但是很好吃喔。

取名為

噗嚕噗嚕巧克力

吃薄荷會讓身體感覺
有點涼涼的喔。

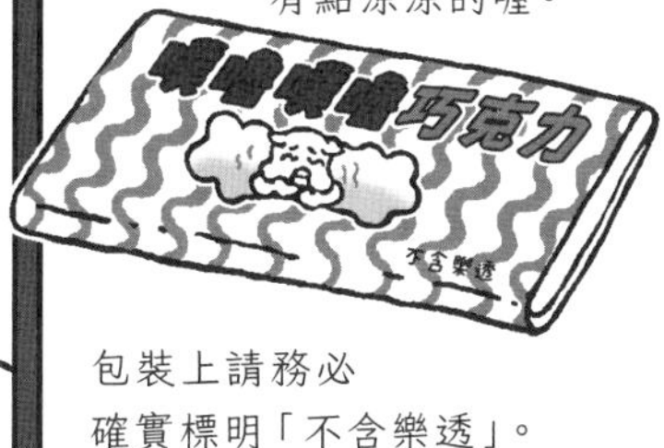

包裝上請務必
確實標明「不含樂透」。
絕對不允許有任何
欺騙消費者的行為。

「每一種，我都想做做看，
但是你們不是把我的員工
都嚇跑了嗎？
我就算想做也沒辦法呀。」

「不用擔心這個啦……

可以改由這些孩子來幫忙製作糖果，不過有條件就是了。」

「喔？什麼條件？」

「賣糖果得到的錢，必須分一半給他們，要拿來幫助妖怪老師實現他想蓋幼兒園的夢想。」

「知道了，我答應你們。那麼我們就立刻出發去製作糖果吧。」

等等，出發之前，請你先在這裡簽名。

佐羅力從懷裡掏出一份合約。

要是之後你賴帳，說這只是口頭約定，說好的都不算數，那本大爺可受不了。

嘿嘿嘿，被看穿了。好吧，這總比讓工廠空在那裡養蚊子要來得划算。

噗嚕嚕在合約上簽名，萬聖節限定的糖果現在可以開始製作了。

慶典的準備
都已經就緒。
快來一起揭開
全新形態的
萬聖節
狂歡序幕吧。

小鎮廣場上，充滿了
變身成外國妖怪與
日本妖怪孩子們的
嘻笑聲。

如果能多多推廣這種
妖怪慶典的話，
想必糖果一定能大賣，
成立妖怪幼兒園的那一天
或許不再遙遙無期。

這些全都拜佐羅力他們所賜。妖怪學校的老師想要向佐羅力三人表達謝意，在廣場上四處尋找他們的身影，卻怎樣也找不到。

佐羅力他們確認妖怪學校的老師恢復原本活力滿滿的模樣後，便放心的離開現場——

踏上了原本的旅途。
嘿嘿嘿，我拿了好多噗嚕嚕的糖果喔。
雖然說這次妖怪老師糊里糊塗被騙，的確有點不可靠，不過也因為這樣，讓他知道了自己到底有多麼受到小妖怪們的尊敬。
那位老師長久以來一直為了妖怪一族不遺餘力。現在努力有了回報，他應該很開心吧。
我當然也希望那些孩子可以獨當一面，出師成為恐怖的妖怪，但是我可不想要被嚇得半死啊。

下一次再見到他時，搞不好妖怪幼兒園已經蓋好了呢。
哎呀，本大爺可不能只顧著幫別人實現夢想，我要更努力完成我自己的夢想才行。努力加油吧！
那段故事啊，等之後有機會再跟你們說吧。
佐羅力大師，你跟妖怪老師是在哪裡認識的呀？
各位讀者，下次的萬聖節，你們如果有機會，可以嘗試看看裝扮成日本的妖怪，應該會很不錯喔。
我變裝成裂口女了，怎麼樣？我現在漂亮嗎？

●作者簡介

原裕 Yutaka Hara

一九五三年出生於日本熊本縣，一九七四年獲得KFS創作比賽「講談社兒童圖書獎」，主要作品有《小小的森林》、《手套火箭的宇宙探險》、《寶貝木屐》、《小噗出門買東西》、《我也能變得和爸爸一樣嗎？》、【輕飄飄的巧克力島】系列、【膽小的鬼怪】系列、【菠菜人】系列、【怪傑佐羅力】系列、【鬼怪尤太】系列、【魔法的禮物】系列等。

●譯者簡介

周姚萍

兒童文學創作者、譯者。著有《我的名字叫希望》、《山城之夏》、《妖精老屋》、《魔法豬鼻子》等作品。譯有《大頭妹》、《四個第一次》、《班上養了一頭牛》、《那記憶中如神話般的時光》等書籍。曾獲「文化部金鼎獎優良圖書推薦獎」、「聯合報讀書人最佳童書獎」、「幼獅青少年文學獎」、「國立編譯館優良漫畫編寫」、「九歌年度童話獎」、「好書大家讀年度好書」、「小綠芽獎」等獎項。

國家圖書館出版品預行編目資料

怪傑佐羅力之歡迎光臨恐怖的妖怪慶典
原裕 文.圖; 周姚萍 譯 --
第一版. -- 臺北市 : 親子天下, 2023.10
104 面 ;14.9x21公分. -- (怪傑佐羅力系列63)
注音版
譯自 : かいけつゾロリの ゾワゾワゾクゾク ようかいまつり
ISBN 978-626-305-557-5(精裝)
861.596 112012344

怪傑佐羅力系列63

怪傑佐羅力之歡迎光臨恐怖的妖怪慶典

作者|原裕(Yutaka Hara)
譯者|周姚萍

責任編輯|張佑旭
特約編輯|劉握瑜
美術設計|蕭雅慧
行銷企劃|翁郁涵

天下雜誌群創辦人|殷允芃
董事長兼執行長|何琦瑜
媒體暨產品事業群
總經理|游玉雪
副總經理|林彥傑
總編輯|林欣靜
行銷總監|林育菁
副總監|蔡忠琦
版權主任|何晨瑋、黃微真

出版者|親子天下股份有限公司
地址|臺北市 104 建國北路一段 96 號 4 樓
電話|(02)2509-2800
傳真|(02)2509-2462
網址|www.parenting.com.tw

讀者服務專線|(02)2662-0332
週一~週五:09:00~17:30
傳真|(02)2662-6048
客服信箱|parenting@cw.com.tw
法律顧問|台英國際商務法律事務所·羅明通律師
製版印刷|中原造像股份有限公司
總經銷|大和圖書有限公司
電話|(02)8990-2588

出版日期|2023 年 10 月第一版第一次印行
2024 年 4 月第一版第三次印行

定價|320 元
書號|BKKCH032P
ISBN|978-626-305-557-5(精裝)

訂購服務
親子天下 Shopping|shopping.parenting.com.tw
海外·大量訂購|parenting@cw.com.tw
書香花園|臺北市建國北路二段 6 巷 11 號
電話|(02)2506-1635
劃撥帳號|50331356 親子天下股份有限公司

變身機」的客人 使用提醒 與 說明事項

★ 僅限給兒童使用（小學生以下）。
可使用期間為每年10月25日至10月31日，整整一星期。
變身一次 1000元（另有道具配件可供租用），
代拍紀念照一張500元。

★ 變身24小時後，就會恢復原樣（敬請安心）。
本機器只有一臺，每年會隨機出現在某個城鎮，
如果看到，請務必把握僅此一次的機會，善加利用。

注意

我們對那些超乎認知，無法想像的嚇人生物一視同仁，歸為同類。
針對客訴他們不是妖怪，而是鬼或幽靈的客人，或是窮追不捨，想打聽變身機運作祕密的客人，我們將拒絕您使用本機器，敬請見諒。

我們將提供免費服務，無償為大家變身成這些受到全世界認可的夥伴，請各位務必把握機會，好好利用。
以下為您介紹列名於聯合國教科文組織無形文化遺產的各個來訪神。
石川縣 能登 天狗面具鬼 Amamehagi
岩手縣 吉濱 馬面鬼 Suneka
宮城縣 米川 潑水鬼 Mizukaburi
山形縣 遊佐 鬼面生剝鬼 Amahage
秋田縣 男鹿 菜刀生剝鬼 Namahage